पुस्तक की प्रशंसा में

अच्छी कविता हृदय का स्वाभाविक उद्गार होती है जो वेदना का अनुभव और साक्षात्कार सम्भव कर देती है। कवि श्री ओम प्रकाश शुक्ल ने अपने जीवन के निजी और सार्वजनिक दोनों क्षेत्रों की बड़े क़रीब से पड़ताल की है, जाँचा परखा है और बिना किसी लाग-लपेट के पाठकों के आस्वादन के लिए परोस दिया है। इस संग्रह की कविताओं में अनगढ़ भाषा और अलंकार की कमी खटक सकती है परंतु कवि का निर्दोष मन और अभिव्यक्ति की सहजता भावों तक पहुँचना आसान कर देते हैं। जीवन किन-किन रूपों में खिलता है, खुलता-खिलखिलाता है, सिमटता है, मिटता है ये सारे प्रश्न कवि को मथते रहे हैं और ये कविताएँ इन सब को शब्द देती रही हैं। जीवन रस में सभी रस शामिल हैं और कवि में साहस और धैर्य है कि वह जीवन की ऊँची-नीची, आड़ी-तिरछी, स्याह-सफ़ेद सभी छटाओं के मार्मिक चित्र उकेर सका है। जीवन से उलझते, टकराते और अपनी राह बनाते चलते रहना एक चुनौती है जिसे कवि ने उल्लास के साथ स्वीकार किया है। इस संकलन के लिए मेरी हार्दिक शुभकामनाएँ!

—डॉ. गिरीश्वर मिश्र

दिल्ली विश्वविद्यालय में प्रोफेसर और
मनोविज्ञान विभाग के पूर्व प्रमुख तथा
कला संकाय के पूर्व डीन
शिक्षाविद्, मनोविज्ञानी, समाजविज्ञानी, लेखक, संपादक
तथा पूर्व कुलपति महात्मा गांधी अंतरराष्ट्रीय
हिंदी विश्वविद्यालय,
वर्धा, महाराष्ट्र

एक कुशल सहकर्मी के रुप में ओम प्रकाश शुक्ल जी से मेरा परिचय लगभग साढ़े तीन दशक पुराना है। लेकिन एक कवि और साहित्यिक व्यक्ति के रुप में उनका परिचय हाल का है। मैंने उनकी रचनाएँ पढ़ी हैं और एक स्वभावगत कुछ शर्मीले से, सौम्य, कम बोलने वाले, अत्यंत मृदुभाषी और संवेदनशील इंसान के जिगर में इतनी हलचल और तीक्ष्णता हो सकती है, ये जानकर खुशी भी हुई है और सुखद आश्चर्य भी!

सशक्त लेखनी और क्रांतिकारी सोच जब साथ आ जाएं तो सृजन तो होना ही है। मन में चल रहा इतना उहापोह और कोलाहल बिना अभिव्यक्ती के नहीं रह सकता। अब इस अभिव्यक्ती का क्या माध्यम हो, ये उस साहित्यकार की नैसर्गिक प्रतिभा और पसंद का विषय है। ओम प्रकाश जी ने कविता को चुना है एवं यह भी सही चयन है ऐसा मैं मानता हूँ। और ये इसलिए कि उनका बात कहने का अंदाज इतना सहज और सरल है कि कविता के स्वच्छंद बहाव में ये कब दिल के अंदर उतर जाता है, पता ही नहीं चलता। तो कुल मिलाकर जो और जैसा वो कर रहे हैं बहुत अच्छा भी है और सामयिक भी।

आज के समाज और शासनतंत्र की कुछ वांछित और कुछ अवांछित बारिकियों को ओम प्रकाश जी ने अपनी विषयवस्तु बनाया है और उस पर कुछ मार्मिक बातें लिखी हैं जो पढ़ने वाले को सोचने पर मजबूर करती हैं। बतौर समाज, हमारी सोच में, चिंतन में, व्यवहार में और जिम्मेदारी की भावना में परिवर्तन की आवश्यक्ता है ये बात जितनी सहजता से ओम प्रकाश जी की छोटी-छोटी कविताओं में से निकल कर आती हैं वो उतनी ही प्रभावी भी हैं। इसके लिए वो विशेष रूप से बधाई के पात्र हैं।

मैं ओम प्रकाश शुक्ल जी का इस नये रूप में स्वागत और अभिनंदन करता हूँ और उनके आने वाले कविता संग्रह 'झूठ की पतंग' को ढेर सारी शुभकामनाएं देता हूँ।

—डी.सी. मसूरकर

पूर्व विभागाध्यक्ष - मानव संसाधन एवं प्रशासन,
ल्यूपिन लिमिटेड, भोपाल

कवि डॉ. ओम प्रकाश शुक्ल ने अपनी कविताओं में जीवन के खट्टे-मीठे अनुभवों, उतार-चढ़ाव, संघर्षो एवं मीठी यादों को बेबाक होकर हुबहू उतार दिया है। कवि की सरलता, संवेदनशीलता एवं दृढ़ता हर एक कविता में झलकती है। यही इस कविता संग्रह 'झूठ की पतंग' की खासियत है। कवि के इस प्रयास के लिए उनको मेरी हार्दिक शुभकामनाएं।

—के.सी. शर्मा
वरिष्ठ समाजसेवी एवं पूर्व वरिष्ठ
उपाध्यक्ष-ऑपरेशन, ल्युपिन लिमिटेड, भोपाल

कविता का भाव कवि के अंतर्मन एवं अंतर्द्वन्द से उपजता है और उसकी जीवनयात्रा का विवरण होता है। कवि ने अपनी कविताओं में ईमानदारी और सरलता से हर पड़ाव का वर्णन किया है। जैसे चला है, वैसे लिखा है - निर्भीक-निडर होकर। ओम प्रकाश जी ने सच से दूर होते समाज में सच लिखने की हिम्मत जुटायी है। हर एक कविता उम्दा किस्म की और पठनीय है। कवि को उनके इस सृजन के लिए मेरी हार्दिक शुभकामनाएं।

—एन.बी. वाडिया
पूर्व अधिशासी उपाध्यक्ष (ए.पी.आई.)
ल्यूपिन लिमिटेड, मुंबई

यह 57 कविताओं का संग्रह निश्चित ही सामान्य से हट के है। समाज का सूक्ष्म निरीक्षण और सामाजिक स्थिति के प्रति संवेदनाशीलता, इन दोनों के संगम से इन कविताओं का सृजन हुआ स्पष्ट प्रतीत होता है।

समाज व्यवस्था के हर पहलू और हर स्थिति पर कवि की अभिव्यक्ति इस संग्रह में मिलेगी। जैसे कि -

'गिद्ध' कविता में समाज में नयी गिद्ध प्रजाति का आगमन और उनके क्रियाकलाप इनका सटीक उल्लेखन है।

'सब ठीक है' कविता में शासन और चौथा स्तम्भ याने पत्रकारिता इन पर लिखी ये प्रखर पंक्तियाँ - "प्रहरी मुस्तैद हैं और चौथा स्तम्भ लिख रहा है स्थिति काबू में है" कवि के मन की उदासी की गहराई व्यक्त करती हैं।

'स्वदेशी है - सौ प्रतिशत शुद्ध है' कविता में स्वदेशी शब्द से जनमानस की भावनाओं को मुनाफे हेतु आवाहन और भोलेपन का इस्तेमाल यह भी कवि की सूक्ष्मदर्शी दृष्टी से छूटा नहीं है।

'फेंक दो श्मशान में' कविता में न्यायालय जैसे आखरी आश्रय और उम्मीद की कार्यपद्धती पर व्यक्त किया खेदपूर्ण आश्चर्य प्रभावी है। वहीं 'महाभारत' कविता की इन पंक्तियों द्वारा कि "देश लुट रहा है और अंधभक्त तालियाँ बजा रहे है" कवि जनता के कुछ जनों की अज्ञानता की हद से हमें रुबरू करा रहा है।

'न उदास हो तू' जैसी कविता द्वारा कवि आशावाद और धैर्य की अभिव्यक्ति भी कर रहा है।

कुल मिला के कविता संग्रह अत्यंत पठनीय है और सुसंस्कृत मन को विचारमंथन करने पर बाध्य करता है। कवि डॉ. ओम प्रकाश शुक्ल का यह प्रयास बहुत प्रशंसा पात्र है। उनको और उनके प्रयासों को हार्दिक शुभ कामनाएं।

—वी. एस. सातपुते
एक विशिष्ट सहकर्मी

झूठ की पतंग

कविता - संग्रह

डॉ. ओम प्रकाश शुक्ल

Sarvatra
An imprint of Manjul Publishing House

Sarvatra
An imprint of Manjul Publishing House

◆ द्वितीय तल, उषा प्रीत कॉम्प्लेक्स,
42 मालवीय नगर, भोपाल-462 003
◆ सी-16, सेक्टर 3, नोएडा, उत्तर प्रदेश, 201301
वेबसाइट : www.manjulindia.com

यह संस्करण 2024 में पहली बार प्रकाशित
द्वितीय आवृत्ति 2025

झूठ की पतंग

ISBN 978-93-5543-594-1

डॉ. ओम प्रकाश शुक्ल इस पुस्तक के
लेखक होने की नैतिक ज़िम्मेदारी वहन करते हैं

मुद्रण व जिल्दसाज़ी : रेप्रो इंडिया लिमिटेड

"श्री कृष्णम् शरणम ममः"
।। मेरे लिए श्री कृष्ण शरण हैं, रक्षक हैं,
आश्रय हैं – वही मेरे लिए सर्वस्व हैं।।

परम पूजनीय दादी जी
स्वर्गवासी प्रभावती देवी शुक्ला
को सादर समर्पित

भूमिका

'झूठ की पतंग' कविता संग्रह की ज़्यादातर रचनाएँ सामाजिक व्यवस्था में पोषित हो रहा झूठ और फरेब की व्यंजना करती हैं, वहीं कुछ प्रेम और विश्वास की।

भेड़, शेर कब के खत्म हो गए, गिद्ध, मैं बिकाऊं हूँ, धोखा, सच-मर गया, महाभारत, रावण, फेंक दो श्मशान में, क्रांति लायेंगे?, सांपों की बस्ती, सब नंगे हैं, पांच-गाँव, उसूलों से लड़ता हूँ, समर्पण, ऐसा था बचपन, श्रम से बढ़ो-कुछ नया गढ़ो, वे आयेंगे, दौड़ेंगे जरूर, जीतने वाला भी हारेगा, स्वर दे जाओ आदि रचनाओं का संकलन है - 'झूठ की पतंग'

देश की लगभग अस्सी करोड़ गरीब जनता मुफ्त के राशन पर रेंग रही है। उन्हे शिक्षा और रोजगार की जरूरत है ताकि वे स्वयं का एवं देश के विकास में अपना योगदान दे सकें। राजनीति एवं नौकरशाही में साफ एवं स्वच्छ छवि वाले लोगों की जरूरत है जो अपराध एवं भ्रष्टाचार पर नियंत्रण कर सकें। तभी हम सब विकसित एवं समृद्ध भारत की कल्पना को साकार कर सकेंगे। वरना वे विकसित एवं समृद्ध देश बताते रहेंगे और सच की पतंग काटते और 'झूठ की पतंग' उड़ाते रहेंगे।

समाज में जो घटित और दृष्टिगोचर हो रहा है, उनसे प्रभावित हैं - मेरी रचनाएँ। इन्हें पढ़ने पर निश्चित ही कोई भी संवेदनशील मस्तिष्क उद्वेलित हो उठेगा। वहीं प्रेम और विश्वास हमें झूठ और फरेब के खिलाफ लड़ने और आगे बढ़ने की नई उर्जा प्रदान करेगा।

आपको हस्तगत मेरी इस कविता संग्रह 'झूठ की पतंग' में व्याकरणीय त्रुटियों से मैं इंकार नहीं कर सकता, क्योंकि मुझे साहित्य की किसी विधा का ज्ञान नहीं हैं। वर्तमान सामाजिक परिवेश में जीते-जीते

मन-मस्तिष्क में उत्पन्न भावों को कागज पर उकेरने का प्रयास किया हूँ। कहां तक सफल हो पाया हूँ - इसका निर्णय पाठक-गण पर छोड़ता हूँ।

धन्यवाद!

स्नेह एवं आशीर्वाद की आकांक्षा के साथ
आपका
डॉ. ओम प्रकाश शुक्ल

अनुक्रम

झूठ की पतंग

1. माँ

माँ का
स्वर्गलोक
जाने का समय
आ गया था
मैं खड़े होकर देख रहा था
निस्तब्ध
बीच-बीच में झटके लग रहे थे
चेतना शून्य थी
फटी-फटी आँखों से देख रही थी
लगता था, कुछ कहना चाह रही थी
मगर कुछ कह नहीं पाईं
स्वर्गलोक के लिए पलायन कर गईं.
कुछ वर्षों से
थकी-थकी, बुझी-बुझी
रहती थी
जैसे किसी मानसिक पीड़ा से
गुजर रही हों
बोलती नहीं थी
मुझसे डरती थी
कभी कुछ कह नहीं पाईं
अन्तर्मन के अन्तर्द्वन्द में
पिसती जा रही थी
अन्तर्द्वन्द को समझ नहीं सका

घर में उनकी फोटो टँगी है
सूखे फूल-माला चढ़े हैं
आँख मिलाकर देखने की हिम्मत
नहीं पड़ती
बस मन में अन्तर्द्वन्द चलता रहता है
क्षमा भी नहीं माँग पाया
ऐसे बीच में छोड़ कर चली जायेंगी
मालूम नहीं था
बहुत कुछ देखना चाहती थी
देख नहीं पाईं
अगले जनम में तुम्ही
माँ बनों
तुम्हारी कोख से जन्म लूँ
ऐसी अन्तिम अभिलाषा है।

2. समर्पण

जीवन की
अन्तिम बेला में भी
मुझको याद करोगी
मन व्याकुल
तन विह्वल
छिटके-छिटके बादल जैसे
तपती धरती जैसी
इच्छा होगी
बादल उमड़े-घुमड़े
गरजे
बिजली कड़के
जल बरसे
प्यासी धरती तर हो जाये
आकर
मुझको गले लगा लो
हे ईश्वर!
जीवन की
अन्तिम बेला में
अपनी लीला
दिखला जाओ।

3. क्या करना है -
तुमको निश्चित करना है!

सागर की लहरें
उठती-गिरती
आगे बढ़ती
छोरों को छूती
फिर वापस सागर में
मिल जाती हैं
जीवन का क्रम भी
ऐसे ही चलता है
मानव
गिरता-उठता
आगे बढ़ता रहता है
फिर मिल जाता है
लहरों जैसा
भव-सागर में
कुछ लहरें
छोरों तक
कंकड़-पत्थर लाती हैं
कुछ अनमोल रतन भी
कंकड़-पत्थर फेंके जाते हैं
पैरों से रौंदे जाते हैं
अनमोल रतन पहने जाते हैं

क्या करना है
क्या बनना है
तुमको निश्चित करना है
फिकना है
पैरों से रौंदे जाना है
या अनमोल रतन बन
जीवन में
कुछ अच्छा कर जाना है।

4. भेड़

भीड़ में
चलता हूँ
तो खो जाता हूँ
लकीर का फकीर
नजर आता हूँ
जब अकेले
चलता हूँ
तो लगता है
कुछ हूँ
जिसकी तलाश है
हर कोई गौतम बुद्ध नहीं बन सकता
तो क्या मैं कुछ हूँ?
कि तलाश बन्द कर दूँ
जिस रास्ते पर
जितनी दूर
अकेले चले हो
वही तुम्हारा खुद का है
बाकी तुम सिर्फ
भीड़ के हिस्से रहे हो
जिसको कभी कोई पहचान नहीं मिली है
सिर्फ उसे भीड़ कहा जाता है
और उसमें चलने वाला
भेड़ कहलाता है।

5. काश! बड़े नहीं हुए होते

संगी-साथी
किस जाति-किस धर्म के हैं
पूछते नहीं थे- एक दूसरे से
ज्ञान भी नहीं था किसी को
संगी-साथी बिछड़ गये
सब बड़े हो गये
अब जब मिलते हैं
तो जाति-धर्म में उलझे दिखते हैं
किसी को गलत
तो किसी को सही कहते हैं
किसी को श्रेष्ठ
तो किसी को नीच कहते हैं
ये वही हैं
जो एक दिन इस सबसे परे थे
आज वे इन सब में
उलझे हुए दिखते हैं
मुझमें भ्रम पैदा करते हैं
कैसा है यह बदलाव
शिक्षा से
क्या यह शिक्षा पाई थी
कि एक दिन ऐसा आयेगा
रावण ही अपने पुतले को
रावण से ही जलवायेगा।

6. शेर कब के खत्म हो गए!

बुद्धिजीवी कहलाते हैं
बड़ी-बड़ी परीक्षाएं
पास करके आते हैं
शासन-प्रशासन में
बड़े-बड़े ओहदे पर होते हैं
न्याय एवं ईमानदारी के
रक्षक कहलाते हैं
पर असल में भक्षक होते हैं
कई चोले पहने होते हैं
जंगल में सिआर की रखवाली करते हैं
कमजोर को काटते
और सत्ता के सामने
दुम हिलाते हैं
बड़े-बड़े मंच की शोभा बनते हैं
जंगल में राजा
अब शेर नहीं सिआर होते हैं
शेर तो कब के खत्म हो गए
जो बचे हैं
चिड़िया घर में हैं
पिंजरे में बन्द हैं
फिर भी शेर कहलाते हैं।

7. क्रांति लायेंगे?

पढ़-लिखकर
क्रांति लायेंगे
देश को भ्रष्टाचार से
मुक्त करायेंगे
नौकरी और पद मिलते ही
भ्रष्ट होते गये
गिरते गये
फिर भी कहते रहे
भ्रष्टाचार में कमी लाये हैं
समाज को बरगलाते रहे
धन के लोभ में गिरते-गिरते
इतना गिर गये
कि काम करने के बदले
सुरा-सुन्दरी की मांग करने लगे
एक दिन समाचार पत्र में पढ़ा
साहब! कमरे में
नग्न अवस्था में
सुन्दरी संग रंगरलिया करते
पांच सितारा होटल के कमरे में
पकड़े गये
अगले दिन
उनके और ठिकानों पर
छापे पड़ने लगे

पता चला
कि ऊपर बराबर हिस्सा नहीं पहुंचाया
यहां भी बेईमानी कर
पढ़े-लिखे होने का सबूत दे डाला
क्रांति ने क्रांति को
पटक कर मार डाला।

8. प्रवचन बाबा

जिनको धर्मो का ज्ञान नहीं
वे पंडालों में
टेलीविजन चैनलों पर
प्रवचन करते हैं
मूरख मानव
जा-जाकर
ध्यान लगाकर
सुनते हैं
आपस में चर्चा करते हैं
सम्मोहन में
भीड़ का हिस्सा बनते हैं
अफवाहों के चलते
एक दूजे पर गिरकर
कुछ तो मर जाते हैं
कुछ बच जाते हैं
प्रवचन बाबा कहते हैं
ईश्वर खुश होकर
उन्हे बुलाया है
तेरा भी नम्बर आयेगा
ऐसे ही कुचले जाओगे
फिर ईश्वर तुम्हे बुलायेंगे
तुम जैसे
सच्चे भक्तों को
गले लगायेंगे।

9. आजादी

भारत माँ को
आजाद कराया
लड़ी-लड़ाई वीरों ने
जाति-धर्म से हटकर
सबने मिलकर
भाई-चारे से
न थे वे हिन्दू, न थे मुस्लिम
न थे वे सिख, न थे ईसाई
न थे वे गोरखा
वे सब थे
भारत माँ के बेटे
आओ
हम सब मिलकर
नमन करें उनको
शत्-शत्।
जिस पावन धरती पर
बहती हों
गंगा-जमुना-सरस्वती मिलकर
जन्में हो राम-कृष्ण, रहीम, कबीर, तुलसी और नानक
ऋषियों-मुनियों
का देश रहा है।
जब सब मिलकर
जाति-धर्म से हटकर

एक दूजे को गले लगाकर
बढ़ते जायेंगे
आशीष मिलेगी
भारत माँ की
आनंदित होंगी
तब विश्व गुरू कहलायेंगे
आगे ही बढ़ते जायेंगे।

10. कुर्सी

कब तक जनता को
बेवकूफ बनाओगे
कुर्सी के लिए
इन्सान को इन्सान से लड़वाओगे
कुर्सी कभी
किसी एक की
नहीं हुई
आये
बैठे
गये
पर किसी ने इतिहास रचा
तो किसी ने इतिहास को कालिख किया
फर्क इतना सा ही है
जनाब।।

ये कुर्सी है
ताबूत नहीं है
जो साथ जायेगी
यह तो सिर्फ
कर्मो को बताती जायेगी
हिसाब करती
और लिखती जायेगी
जनाब।।

11. न उदास हो तू-बस अडिग रहें

न हार में न जीत में
न दुख में न सुख में
न उदास हो तू
न भय से व्याप्त हो तू
सब उन्ही के रंग हैं
जो मिले उसी में खुश
न मिले तो खुश
तू तो निमित्त मात्र है
जीत हो या हार हो
दुख हो या सुख हो
कर प्रयास तू
न हो उदास तू
बस अडिग रहे।

12. आजाद-गुलाम

जाति एवं धर्म के नाम पर
लोगों को अलग कर रहे हैं
विष डाल रहे हैं
मुद्दों से भटका रहे हैं
अनपढ़ को
और अनपढ़ बना रहे हैं
उनको मुफ्त का देकर
भिखारी बना रहे हैं
भिखारी को भिखारी से
लड़ा रहे हैं
मरने पर संवेदना जता रहे हैं
वैसे तो आजाद हैं
पर गुलाम करते जा रहे हैं।

13. प्रतिरोध

मन को
रोकोगे
प्रतिरोध करोगे
मिट जाओगे
कल-कल अविरल बहने दो
उपजी आशाओं एवं निराशाओं को
टकराने दो
तब ही स्फुटित होगा
अन्तर्मन में निर्मल धारा
धो देगी
कलुषित मन को
स्वर लहरी में
बहती जायेगी
मन को रोकोगे
प्रतिरोध करोगे
तो मिट जाओगे।

14. गिद्ध

बचपन में
गाँव में जब कोई
जानवर मरता था
तब गिद्धों का झुंड
कुछ मिनटों में
आकाश में मंडराने लगते थे
उतरकर
नोंच-नोंच कर
मांस खा जाते थे
सिर्फ कंकाल बचता था
बाद में
वह भी उठ जाता था
गिद्ध की प्रजाति विलुप्त हो गई
आसमान में अब नहीं दिखते
तब गए कहाँ?
दफ्तरों में
सरकारी बंगलों में
बड़ी-बड़ी कोठियों में
दिखते और बसते हैं
जो रोज गरीबों का खून चूसते हैं
मांस खा जाते हैं
कंकाल छोड़ देते हैं
अंतिम संस्कार के लिए
राख, गंगा में विसर्जित करने के लिए।

15. भ्रम

दूर जा रही हो
रास्ते पर
जाते-जाते
मुड़कर देखती जा रही हो
ऐसा जाना क्या
जहां
पूरी तरह अलग न हो सके
बार-बार
भ्रम पैदा करती हो
खुद
खुद के
दिल एवं दिमाग के विपरीत चलती हो
रास्ते भी
अब तुम पर विश्वास नहीं करते हैं
इसलिए
तुम्हारे पद्-चिन्ह नहीं दिखते हैं
आगे चलते ही
मिट जाते हैं।

16. मैं बिकाऊ हूँ

सच एवं झूठ
समय एवं जरूरत के हिसाब से
गढ़ा जाता है
जनता को परोसा जाता है
इसके लिए भी
नौकर रखे गये हैं
उन्हे पैसे एवं पद से नवाजा जाता है
सबसे बड़े झूठ को
सच बता सके
साबित कर सके
वह सबसे भरोसेमंद एवं लायक
माना जाता है
व्हाट्सएप एवं फेसबुक
ट्विटर एवं इंस्टाग्राम
पर
उठते ही
ज़माने में ज़माना
बदलने के काम में लग जाते हैं
तोड़-मरोड़कर
झूठ को सच साबित करने में
लग जाते हैं
धन्धे में इतने तल्लीन हो जाते हैं
कि दूसरे की दुकान को

अपनी समझ कर
मालिक की अनुपस्थिति में
खुद वहां बैठकर
खुद को बेचने लग जाते हैं
और कहते हैं
मैं बिकाऊ हूँ।

17. आसमान के तारे

आसमान से
जब कोई तारा टूटता था
तो दादी कहती थी
कोई जीव गया
अगले दिन देखता
तो आसमान
फिर तारों से भरा नजर आता
जीव गया
फिर नया जीव आया
एक दिन दादी
बैठे-बैठे खतम हो गईं
उस रात आसमान में
कई तारे टूटे
उसमें से एक तारे की
ओर इशारा कर
माँ ने कहा
वह देखो दादी जा रही है
एक-एक कर, सारे-तारे
टूट गए
अब कभी-कभार खुद
आसमान की ओर देखता हूँ
और ढूँढता हूँ
आसमान में
अपने टूटे हुए तारों को।

18. धोखा

नभ में
बादल
उमड़ते हैं
घुमड़ते हैं
अठखेली करते हैं
यह देख
बिजली कड़कती है
बादल गरजेंगे
बरसेंगे
आस लगाये सब
नभ में तकते हैं
अठखेली कर
दृश्य दिखा
मन में आशा भरकर
इधर-उधर
छिटक-बिटक जाते हैं
जीवन में भी
कुछ ऐसे आते हैं
धोखा देते हैं
धोखा खाते हैं
भ्रम में रहते हैं
फिर भी आशा में
पूरा जीवन जीते हैं।

19. सब ठीक है?

बस्तियां
जल रही हैं
घरों मे बन्द लोग
स्त्री-पुरूष और बच्चे
बचाओ-बचाओ
चिल्ला रहे हैं
भीड़
ममता को नग्न कर
अस्मत लूट रही है
वह भी
बचाओ-बचाओ
चिल्ला रही है
चौराहे पर
दफ्तरों में
घरों पर
शासन-प्रशासन के
प्रहरी मुस्तैद हैं
चौथा स्तम्भ
बराबर दिखा रहा है
लिख रहा है
स्थिति काबू में है
कुछ ही देर में
घर राख में तब्दील हो जाते हैं

आकाश में काला धुँआ फैल रहा है
मानवता और इन्सानियत
काले धुएं में
काले पड़ गए हैं
वे भी दम तोड़ दिये हैं
सब कुछ खत्म हो गया है
पोलिस के जवानों की
फ्लैग मार्चिंग
सड़कों पर नजर आने लगी है
मरे-अधमरे लोगों को
नोचकर
जेबें भरी जा रही हैं
प्रेस विज्ञप्ति जारी की जाती है
हमारी सतर्कता से
कोई बड़ा नुकसान नहीं हुआ
सब ठीक है?

20. सांपों की बस्ती

गाँव हो
या
शहर
इर्द-गिर्द रहने वाले
हर शख्स से
डर लगता है
कौन-कब-कैसे
और कहां
डस ले
जहर उतार दे
मालूम नहीं
सँपेरा भी नहीं हूँ
जो इनके दांत तोड़ सकूं
बस में कर सकूं
सफेद लिबास भी
नहीं पहनता तू
जो इन्हे पाल सकूं
और जरूरत पर
दूसरों को डसा सकूं
किन-किन रूप में हैं
पहचानता हूँ
पर उनकी पहचान बता नहीं सकता हूँ
भीड़ में कहते हुए सुना है

वह दिन और थे
जब सांप जंगल में
रहा करते थे
जंगल रहा नहीं
अब छिपने के लिए
अब गाँव और शहर में
रहने लगे हैं।

21. वरना वे नाराज हो जायेंगे

तुम नाराज हो
गुस्सा हो
भूलना चाहती हो
भूल जाओ
किसने रोका है
दिल के दरवाजे और खिड़कियां
कस कर बंद कर लो
मन को विराम दो
घर के दरवाजे भी बन्द कर लो
अब साइकिल से कोई
मिलने नहीं आयेगा
घंटी नहीं बजेगी
न कोई दरवाजा खटखटायेगा
और बहुत दूर भी है
उम्र भी हो गई है
मिलना भी नहीं चाहती हो
मालूम है
दिल को रोक पाओगी
मन को संभाल पाओगी
जाओ
घर के दरवाजे खोल दो
दिल के दरवाजें और खिड़कियां भी खोल दो
वरना वे नाराज हो जायेंगे।

22. काल-चक्र

भूल गई
तो जीवन व्यर्थ गया
तुझमें मैं हूँ
मुझमें तुम हो
मरने पर भी
जिंदा हूंगा
जब तुम जिंदा होगी
चलते-चलते
जीते-जाओ
जीवन क्षण भंगुर है
बीते जीवन की
मीठी यादों से
संचित करते जाओ
काल-चक्र के चक्रव्यूह में
जीवन बढ़ता जाता है
खुद को पहचानों
कर प्रणाम ईश्वर को
स्पन्दन से स्पन्दित होती जाओ।

23. सच-मर गया

थाने के बगल से
गुजर रहा था
जोर-जोर से चिल्लाने की
आवाज आ रही थी
सच को सब मिलकर
पीट रहे थे
बोल रहे थे सच को
सच बोल
वह बार-बार
जोर-जोर से चिल्लाकर
बोल रहा था
मैं सच बोल रहा हूँ
पीट-पीट कर
अधमरा कर दिया
किसी ने कहा
मर जायेगा
जल्दी अस्पताल ले चलो
अस्पताल में भरती कराया
बोले
सड़क पर पड़ा था
दया आई
उठाकर लाया हूँ
कुछ दिन बाद

पता चला
वह मर गया
पोलिस वालों ने कहा
सच का यही हाल होता है
एक बार फिर
सच-मर गया।

24. महाभारत

दबंग हैं
आपराधिक पृष्ठ-भूमि है
संसद में बैठते हैं
देश की
विधान सभाएं भी
इनसे भरी पड़ी हैं
अयोध्या, काशी, वृन्दावन, उज्जैन, शिरडी-साईबाबा
अन्य धामों में
समय-समय पर
विचरण करते हैं
विकास की रूपरेखा
और नीति-निर्धारण करते हैं
इनके सामने
बड़े-बड़े अधिकारी
हाथ जोड़े
खड़े रहते हैं
मंत्री भी हैं
लोग रैली में
समारोह में
वन्दन-अभिनन्दन भी करते हैं
समय-समय पर
खुले मंच से
सरकार को भी ललकारते हैं

बेसरमी देखो
उसके बाद भी इनको संरक्षण देते हैं।
देश की जनता
इनको चुनती है
मानती है
इन लोगों से ही
देश विश्वगुरू बनेगा
ऐसे ही देश बढ़ेगा
देश लुट रहा है
चुक रहा है
फिर भी अन्ध-भक्त
तालियां बजा रहे हैं
अहम् में चूर होकर
खुद को सिकन्दर मान बैठे हैं
यह देखकर कृष्ण भी
मुस्कराकर
बासुरी बजा रहे हैं
प्रेम के गीत छोड़कर
अब रण-भूमि में
धर्म की जीत का बिगुल बजा रहे हैं।

25. लोकतन्त्र जिन्दा है!

लोकतंत्र
अकेला पड़ा
एक कोने में नेता जी को
देख रहा है
नेता जी
हर एक चुनाव में
अपने क्षेत्र के दौरे पर
उसका अपहरण कर
सड़क पर नंगा घुमा-घुमा कर
तमाशा दिखाते हैं
कहते हैं
देखो!
लोकतन्त्र जिन्दा है
बताते हैं
लोग तालियां बजाते हैं
जय-जयकार का नारा लगाते हैं।

26. ऐसा था वह बचपन

कन्धे पर
किताबों का बोझ नहीं था
स्लेट और बत्ती हुआ करती थी
गुरूजी के पाठ
लिखते थे
मिटाते थे
फिर लिखते थे
तख्ती और कलम-दवात मिली
स्कूल में बड़ा सा ब्लैक-बोर्ड हुआ करता था
गुरूजी लिखते थे
हम उतारते थे
खड़े होकर
डस्टर से मिटाते थे
न कन्धे पर कोई बोझ था
न मन पर
बस बचपन जीने की ललक थी
डांट भी पड़ती, मार भी खाते, डर भी लगता
पर पांवों को रूकने नहीं देते
जीवन को मरने नहीं देते
मन पर बोझ लिए नहीं फिरते
पानी में मछली जैसे तैरते
गौरइया के घोंसले में से गौरइया जैसे उड़ते
ऐसा था वह बचपन।

27. आसमान में एक और तारा टूटा

जग को क्या बतलाऊं
क्या दिखलाऊं
विकल हृदय
पछतावा मन का
दिल में बहती प्रेम प्रबल धारा को
अब किसको कैसे दिखलाऊं
अनुशासन के चलते
प्रेम प्रदर्शित कर नहीं पाया
जग-जाहिर हो नहीं पाया
अब किसको डाटेंगे
किससे झगड़ेंगे
सब रह गया यहीं धरा पर
अब फिर मिल नहीं पायेंगे
काश! प्रेम प्रबल धारा को बहने देते
तन-मन सब नहला जाता
इस पछतावें से तो बच जाता
जीवन भर अफसोस रहेगा
जग को इसको क्या बतलाऊं
अब क्या दिखलाऊं।

28. ख़्वाब जैसा है

झुक रहा है
मेघ
धरती से लिपटने को
देख नभ ने
मेघ में होल कर
वायु ने वेग से
बिखरा दिया मेघ को
करता आ रहा है
जद्दोजहद् सदियों से
हर बार नगवार गुजरता है नभ को
खींचता है पाँव ऊपर की ओर
मिलने नहीं देता
पूरी नहीं हुई
खुद की आरज़ू
आज तक
धरती और नभ का मिलन
बस देखने भर का नजारा रहा है
ऐसा लगता जरूर है
पहाड़ों की वादियों में
दोनों मिल रहे हैं
पर यह ख़्वाब जैसा है।

29. वकील साहब

आज के दौर में
कचहरी में
अपना ही वकील
सरकारी वकील से मिल जाता है
चन्द सिक्कों के लिए
ईमान बेच जाता है
फिर भी अपना वकील कहता है
हम आप के साथ हैं
जब तक आप जिंदा हैं
बस तारीख पर फीस देते रहो
न आप जीतेंगे
न वे हारेंगे
मन ही मन कहता है
यही है
रीति-नीति आज की
गिद्ध से भी नीचे गिरकर
जिंदा इंसान को
भरमा रहा है वह
खुद को बना रहा है
समृद्ध
भविष्य के लिए वह।

30. हम सब आजाद हैं?

न अब राम आयेंगे
न कृष्ण
दानव से मुक्त कराने
भेजा था
कलयुग में
वीर शहीदों को
अंग्रेजों से मुक्त कराने
चिंतित हैं वे भी
देख दशा भारत माँ की
लोभी कपटी
चीर हरण करने वाले
सत्ता के लालच में
पग-पग पर फैले हैं
आये दिन
जनता को खेल-तमाशा
दिखलाते हैं
धर्मों के भंवरजाल में
जनता को उलझाते हैं
जाति-जाति में बाँट उन्हे
आरक्षण के झूले में झुलवाते हैं
बांट दिया है सब को ऐसे
एक न हो पायेंगे
ऐसे में वे

शासन करते जायेंगे
एक जायेगा
दूसरा आयेगा
अपने-अपने एजेन्डे लायेगा
आदत पड़ जायेगी
ऐसे ही जीने-मरने की
फिर क्यूं आयेंगे वे
तुमको मुक्त कराने
ऐसे ही मुर्दो जैसा
जीवन जीते जाओ
चन्द सिक्कों में
बिकते जाओ
कहो! हम सब आजाद हैं।

31. अवशेष

गाँव में
कच्चे मकान
बहुत कम दिखते हैं
कुछ तो
खंडहर हो गये हैं
अब यहां कोई परिवार नहीं रहता
सांप-बिच्छू रहते हैं
अब यहां
अवशेष दिखते हैं
कुछ का नामों-निशान मिट गया है
कुछ नजदीक के कस्बे में
बस गये
कुछ शहर चले गये
बीच-बीच में आते हैं
दोस्तों के संग
उन्हे बताते हैं
जो दिख रहा है
टूटा हुआ खंडहर
सब हमारा है
दोस्त मुस्कराते हैं
कुछ कहते नहीं
कुछ देर रूकने के बाद
चले जाते हैं

वहां बसने के बजाय
उसे उजाड़ते जा रहे हैं
पुरखों की धरोहर
अब संभलती तो है नहीं उनसे
एक-एक कर बेचते जा रहे हैं
कोई आयेगा
बसेगा
पूछने पर बस यह कहेगा
यह उनका घर था
खरीद लिया है
अब हमारा हो गया है
फिर आइयेगा
मिलते-मिलाते रहेंगे
अब हम यहां
एक नया परिवार बसायेंगे।

32. श्रम से बढ़ो-कुछ नया गढ़ो

कब तक जिंदा रहोगी
भीख पर
सरकार की होर्डिंग पर नजर आओगी
कहती
मिले पैसे से राशन खरीदा
कभी कहोगी दवाई खरीदी
कभी कहोगी गैस खरीदी
बच्चों की फीस भरी
बेटे को पंख मिल गये
पति को रैलियों में
काम मिल गया
जिंदा हूँ
सरकार की मेहरबानी है
कहती फिरोगी
मांगती फिरोगी
सब कुछ दिया है
ईश्वर ने
क्यूं न अपने श्रम से बढ़ो
कुछ नया गढ़ो
अपना कुछ करो
अपने पैरों पर ससम्मान खड़ी हो
एक दिन ताकि खुद
होर्डिंग पर मांगने की जगह समाज को कुछ देती नजर आओ।

33. कब तक छल करोगे-
कितने रूप धरोगे

राम को भी चौदह वर्ष वन-वन
भटकना पड़ा
कृष्ण को छल के लिए
गांधारी के श्राप का फल
भुगतना पड़ा
वे तो भगवान थे
फिर भी कर्मफल भुगतना पड़ा
यही शाश्वत सत्य है
इतिहास भी गवाह है
कुछ तो सीखो
छल के लिए
कभी राम बनते हो
कभी रहीम
कभी नानक
कभी पैगम्बर
तो कभी ईसा-मसीह
और कितने रूप धरोगे
कब तक छल करोगे
आदमी हो
आदमी बन कर तो रहो।

34. स्वदेशी है-सौ प्रतिशत शुद्ध है?

सौ-प्रतिशत शुद्ध है
गारंटी देते हैं
स्वदेशी है
खाइए
तंदुरूस्त रहिए
जगह-जगह
बताते हैं
खुद और चेलों से
प्रचार करवाते हैं
यहां तक बताते हैं
सारे लैब टेस्ट
पास हैं
चिंता मुक्त रहिए
हम पर विश्वास करिए
योगा का शिविर भी
लगाते हैं
सब बीमारियों का इलाज भी बताते हैं
दवाई भी बनाते हैं
स्वदेशी है
चिकित्सक भी हैं
वेलनेस सेंटर भी हैं

हमसे इलाज भी करवाइये
ये तम्बू में, आश्रम में, स्पा में, वेलनेस सेंटर में
वहीं हैं
तंदुरूस्त होने आये हैं
हमने इनको सौ प्रतिशत शुद्ध
पास करने के लिए जो दिया है
वही हमें लौटाने आये हैं
ये भी स्वदेशी हैं
और सौ प्रतिशत शुद्ध हैं?

35. अच्छे दिन आयेंगे

जीवन क्या जिया
मालूम नहीं
घर को सँवारने
समेटने
सँजोने
सब को साथ लेकर चलने की
कवायद में
समय का
पता नहीं चला
संघर्षों
झमेलों
से उलझते रहे
कुछ सुलझे, कुछ अनसुलझे रहे
सोचते कुछ थे
होते कुछ रहे
दुनियां की भीड़ में चलता रहा
बन्दर की तरह
एक डाल से दूसरे डाल पर
चढ़ता रहा
थक-हार कर कुछ समय से
बस सब देखता हूँ
भयभीत हूँ
देखकर

गिरते हुए मूल्यों एवं संस्कारों को
निपट निरक्षर हूँ
फिर भी चलता रहा हूँ
बहुत कुछ
अभी जो दिख रहा है
लेशमात्र है
गिरेंगे, गिरते जायेंगे
मिटाकर सब कुछ
फिर से सब नया करने की
जगह छोड़ जायेंगे
लगेगा यह सदियों देखने को
पर वह ज़माना आयेगा
फिर से खंडहर हुए घर बसेंगे
जंगल में मंगल होगा
अमन और चैन का
माहौल होगा
कपटी और लोभी का
अन्त होगा
मिलकर सब रहेंगे
खाली छोड़ जगह को
फिर से सब मिलकर भरेंगे।

36. जीवन चक्र

मैं लेखक हूँ
अन्तर्मन के अन्तर्द्वन्द के
आक्रोश को
कागज पर उकेरता हूँ
अन्याय के खिलाफ
लड़ता हूँ
हारता हूँ
फिर खड़े होकर लड़ता हूँ
चक्रव्यूह में उलझ जाता हूँ
सच का आइना
जिसके पास लेकर जाता हूँ
नाराज हो जाता है
पढ़े-लिखे हो!
औरों की तरह
तुम भी
जाकर सो जाओ
मुर्दा बन जाओ
जहां सब सो रहे हैं
वहां जागते रहो
चिल्लाने से
तुम ही पकड़े जाओगे
चोर कहलाओगे।

37. कोशिश करना-मुलाकात न हो

वह
रूठी हुई है
संवाद नहीं कर रही है
नाराज है
क्यूं?
मालूम नहीं
कहती है
हमें भूल जाओ
कभी मिले
तो ऐसे मिलना
जैसे पहचानते नहीं हो
हम भूल गए हैं
समझदार कहें
या नासमझ कहें
समझ में नहीं आ रहा है
जो सर्वव्यापी है
संसार जिससे स्पन्दित है
उस स्पन्दन को रोकने की बात
कर रही है
कभी मिली
तो तुम्हारा सर्वस्व प्रेम प्रदर्शित करेगा
कोशिश करना
मुलाकात न हो।

38. वे आयेंगे

सत्याग्रह में
सत्य को
सड़क पर
पटक-पटक कर मार रहे हैं
मुर्दों का शहर है
कहने को
देश की राजधानी है
लोकतन्त्र का नाड़ा खुल गया है
शर्म से एक कोने में छुप गया है
याद रखिए
एक दिन
समय हुंकार भरेगा
दुर्योधन से द्रोपदी की लाज बचाने
श्री कृष्ण आयेंगे मथुरा से
रावण से सीता को मुक्त कराने
राम भी आयेंगे
उज्जयनि से महाकाल निकलेंगे
फिर क्या होगा, तांडव होगा
असत्य पर सत्य की जीत होगी
अधर्म पर धर्म की विजय होगी।
देश की बेटियों, विश्वास रखो
वे आयेंगे।

39. फिर लौट कर नहीं आई

जाते वक्त
मुड़कर बोली
मैं लौट कर आती हूँ
सालों से इन्तजार
कर रहा हूँ
वह फिर कभी
लौटकर नहीं आई
काश! जाते वक्त
रोक लेता
तो फिर कभी नहीं जाती।

40. झूठ की पतंग

सड़क पर नारी
निर्वस्त्र हो रही है
घर जलाया जा रहा है
कुछ हुआ नहीं है
कह रहे हैं
झूठ की पतंग उड़ा रहे हैं।

दफ्तरों में अधिकारी
सब चन्गा है
बता रहे हैं
फर्जी रिपोर्ट बना रहे हैं
झूठ की पतंग उड़ा रहे हैं।

जलाकर बस्ती
यूं नादान बने बैठे हैं
जैसे कुछ हुआ नहीं
धुएं को देखकर
बादलों पर तोहमत लगा रहे हैं
झूठ की पतंग उड़ा रहे हैं।

जलते हुए घरों की
आग की लपटों को
आसमान में उड़ता हुआ
होली का गुलाल बता रहे हैं
झूठ की पतंग उड़ा रहे हैं।

41. विश्व-गुरु

मुफ्त की चीजें
आदमी को पंगु बना रही है
पहले वह गरीब था
अब भिखारी हो गया है
हाथ फैलाकर मांगता
नजर आ रहा है
प्रोमोशन से डिमोशन हो गया है
विकसित एवं समृद्ध की श्रेणी में
फिट नहीं हो रहा है।
शिक्षा की अलख जगाओ
जन-जन तक पहुंचाओ
चहुँ-दिश विकसित हो जायेगा
हाथों को काम मिले
सब कुछ समृद्ध हो जायेगा
तब ही विकसित और समृद्ध देश बनेगा।
जाति-धर्म के झगड़े
मिट जायेंगे
सब मिलकर मेहनत कर
विश्व-गुरू बनने का सपना
साकार करेंगे
खुद को गढ़कर
देश गढ़ेंगे
विश्व-गुरू बनेंगे।

42. दौड़ेंगे जरूर

जहाँ जीतना था
वहाँ
मैं हार गया
थक गया
मन हार मानने को तैयार नहीं है
कुछ अपनों की वजह से
कुछ परायों की वजह से
हारे
कौन-कब-बदल जाए
धोखा दे दे
साथ छोड़ दे
पहचानना मुश्किल है
फिर से
कैसे आगे बढ़ूँ
कौन-कब-किससे
हाथ मिला ले
पता नहीं
फिर हार जाऊँ
हारता जाऊँ
तो क्या?
अन्याय के खिलाफ
लड़ना छोड़ दूँ
खुद को खुद से

नजरें नहीं मिला पाऊंगा
तुम सब पैर खींचो
हम बढ़ने की
दौड़ने की
कोशिश करते हैं
दौडेंगे जरूर।

43. जीतने वाला भी हारेगा!

कौन सही है
कौन गलत है
बस वर्चस्व की लड़ाई है
वर्षों से
लड़ी जा रही है
अबोध बालक
निरीह स्त्री-पुरूष
मारे जा रहे हैं
दुनियां के देश
अपने-अपने हितों से
कोई किसी के साथ है
कोई किसी के
रात सोते हैं
सपने लेकर
उगते सूरज को देखेंगे
अगले दिन
क्रूरता की बलि चढ़ गए
जो जीतेगा
सदियों तक इनका
गुनाहगार ही कहलायेगा
एक दिन
जीतने वाला भी हारेगा
इतिहास जरूर दोहरायेगा।

44. हरिश्चन्द्र?

हमको
तुम नहीं समझ पाओगे
कुछ नाजायज पाने के लिए
गिरते जाओगे
तुम्हारे बीच में
हरिश्चन्द्र बनकर आयेंगे
कहेंगे
श्मशान आने पर
मैं कोई कर नहीं लूंगा
तुम मरो तो
वहां भी हमारे लोग
बैठे हैं
यहां भी आसानी से
न जी पाये हो
न वहां भी आसानी से
जल पाओगे।

45. पांच-गाँव

अन्याय के खिलाफ
सच्चाई से
न तो लड़ सकते हो
न तो जीत सकते हो
पांडव तो
पांच-गाँव चाहते थे
मांगा भी था
दे दिया होता
तो महाभारत नहीं होती
श्रीमद् भगवतगीता नहीं लिखी जाती
और आज न तो हम सुनते
न ही पढ़ते
कैसे युद्ध जीता है
पांडवों ने
अब कृष्ण अवतरित नहीं होगे
न ही किसी अर्जुन के सारथी बनेंगे
सिखा गए
बता गए
अब आप को लड़ना है
जीतना है
या हारना
कौरव की सेना है
जो देना नहीं बस लेना जानती है।

46. रावण

देश में
हर साल
विजयादशमी के दिन
मेला लगता है
माँ बच्चे को
ऊंगली पकड़कर
बाप कंधे पर बिठाकर
दिखाने ले जाता है
उस दिन
रावण जलाया जाता है
रावण, रावण के पुतले को
जलाता है
और फिर पैदा करता है
हजारों रावण
रावण को राम बताता है
एक झूठी कथा
मां-बाप बच्चे को
सुनाता है
और कहता है
यह असत्य पर सत्य की जीत का प्रतीक है
जो दिख रहे हैं
जलाते हुए
वे राम के वंशज के प्रतीक हैं।

47. भ्रम-जाल

जीवन भर
भ्रम में जीते रहे
जिनको अपना समझते रहे
मौका आने पर
एक-एक कर पराये निकलते रहे
घने कोहरे में
एक-एक पग
आगे बढ़ते रहे
दुर्घटना कई बार हुई
चोटें भी आई
घाव पर
खुद ही मरहम लगाकर
बढ़ते रहे
रास्ते में कई मौतें भी देखी
अंधेरों में लोग
कुचलते गये
यहां भी
लोग धोखा देकर
तेजी से बढ़ते गये
जब वो गिरे एक दिन
गहरी खाईं में
आवाजें बहुत दीं
बचाने को

तो चलते हुए राहगीर भी
नजरें बचाकर
अपनी राह पर
चलते गये
बढ़ते गये।

48. मरने की हिम्मत भी- जुटा नहीं पाया

सड़कों पर
रेंगते कीड़ें-मकोडों को
चलते हुए देखा है
किसी राहगीर का पैर
कब पड़ जाए
किसका वाहन ऊपर से
कब गुजर जाए
कुचल जाए
मर जाए
मालूम नहीं
फिर भी वह
निर्भीक-निर्बाध
चलता रहता है
मरने से नहीं डरता है
और इंसान
मरने से डरता है
मुफ्त खाता है
मुफ्त मरता है
रोज कुचला जाता है
रौंदा जाता है
जिंदा रहने के लिए

सब कुछ सहता जाता है
वह कभी
कीड़ें-मकोडों जैसा भी
चल नहीं पाया
इसलिए समाज में
बदलाव नहीं आया
बिना डर
आज तक
मरने की हिम्मत भी
जुटा नहीं पाया।

49. फेंक दो श्मशान में

न्यायालय
फाइलों से भरा है
फाइल में
सच और झूठ
दोनों नत्थी हैं
आशा और निराशा के
झूले में झूलती रहती हैं
तारीख पर निकलती हैं
वकील फीस लेता है
खड़े होने के लिए
अगली तारीख लेने के लिए
पेशकार बक्शीश लेता है
फाइल ढूंढकर निकालने के लिए
तारीखों का क्रम चलता रहता है
फाइल धूल खाती रहती है
थक जाती है
अन्दर-बाहर होते
नत्थी किये कागज
फाइल से उड़ने की जद्दोजहद्
करते रहते हैं
कभी-कभी
फाइल गुम हो जाती है
धीरे-धीरे

इंसान भी थक जाता है
आशा से दूर जा बैठता है
उसका सच
उसी को झूठ लगने लगता है
ठगा महसूस करता है
न्यायालय में आकर
काले कोट में
गिद्ध उड़ते रहते हैं
पकड़ने के लिए
निचोड़कर छोड़ते हैं
न्यायालय में आकर
कोई गलती हो गई है
एक-एक कर, आशा के कागज
फाइल से उड़कर
फर्श पर गिरने लगते हैं
रूदन करने लगते हैं
मेरा क्या कसूर है?
इतनी तारीखों के बाद भी
सच हूँ
साबित नहीं कर पा रहा
मुझे जला दो
वापिस लौट जाओ
श्मशान में जलते हुए मुर्दों को देखो
कोई शायद
खड़ा होकर
सच क्या?

बता सके
वहीं रूके रहना
कभी-कभी
मुर्दे भी
जिंदा हो जाते हैं
जैसे न्याय के लिए
विशिष्ट व्यक्तियों के लिए
रात में भी
अदालत लग जाती है
शायद कोई मुर्दा
उठ खड़ा हो
तुम्हे सुनने के लिए
न्याय करने के लिए
आदेश पारित कर सके
कि तुम्हीं सच हो
अगर ऐसा नहीं होता
तो समझना
तुम्हे न्याय की जरूरत नहीं है
फाइल उठा लो
फेंक दो श्मशान में
किसी मुर्दे को
जलाने के काम आयेगा।

50. ढूँढ कर तो देखो

ढूँढ कर तो देखो
गाँव के खंडहर हो गये मकानों में
कोने में किसी
दादा-दादी
नाना-नानी के
किस्से कहानियों की
आवाजें सुनाई देंगी
सास-बहु की नोंक-झोंक
देवरानी-जेठानी की तकरार
ननद-भौजाई की मसकरी
देवर-भाभी का बेटे और माँ जैसा प्यार-दुलार
पड़ोसियों के बच्चे की किलकारी
बेटे को बाप की डांट
सब साफ-साफ नजर आयेगा
याद आयेगा
ढूँढ कर तो देखो।

51. एक ही नाव में सवार हैं- सब जायज है

बारूद के ढेर में
मलबे के नीचे
दबी लाशें
जिनमें स्त्री, पुरूष और बच्चे थे
गरीब और अनपढ़ थे
कुछ जिन्दा भी होंगे
फिर भी आनन-फानन में
बुलडोजर से समतल कर दिया गया
एक दिन समाचार पत्र में भी छपा
खाना पूर्ति कर दी
मालिक रसूखदार हैं
साथी हैं
एक ही नाव में सवार हैं
सच निस्तब्ध है
मौन है
निरीह है
वह भी डरकर झूठ की नाव में सवार होकर
सच कर दिया
बड़ा हादसा नहीं हुआ, बता दिया
और होलिका-दहन में भक्त प्रहलाद जलकर मर गया।

52. उसूलों से लड़ता हूँ

आप
असत्य और हिंसा की
लड़ाई लड़ते हैं
और मैं
सत्य और अहिंसा की
आप
धोखा और फरेब
का सहारा लेते हो
और मैं विश्वास और उम्मीद का
आप
जीतने के लिए
गिरते जाते हो
पैसे और नारी का भी
सौदा करते हो
और मैं उसूलों पर चलता
गिरता-उठता
ईमानदारी से चलता हूँ
आप
रोज तिल-तिल कर मरते हो
और मैं हर रोज
हर एक क्षण जीता हूँ
आप
जीत कर भी

हारे हुए महसूस करते हो
और मैं हार कर भी
जीता हुआ महसूस करता हूँ
क्योंकि हर लड़ाई
उसूलों से लड़ता हूँ।

53. बहुरूपिणी

कुछ पेट की भूख
मिटाने को
कुछ ज़माने को
दिखाने को
क्या-क्या रूप
धरती हैं
स्त्रियाँ
चेहरे पर नकली
हँसी लिए
रिझाती हैं
स्त्रियां
क्या-क्या करती हैं
स्त्रियां
कुछ तो
सब कुछ पाने के लिए
जमाने को सब कुछ
दिखाने को आतुर हैं
स्त्रियां
जो कभी
छुप-छुप कर लोग
देखा करते थे
अब
खुले आम

दिखाने को आतुर हैं
स्त्रियां
जिधर नजर डालो
जहां भी देखो
कुछ भी बेचने के लिए
इनको खरीदकर
हर जगह नुमाइश
बनी हैं
स्त्रियां
वह जमाना भी आयेगा
पश्चिम की आँधी आयेगी
जो बचा है
वह भी नुमाइश करेंगी
स्त्रियां।

54. अनुत्तरित प्रश्न

मन विचरण करता है
बचपन की
स्मृतियों में
दिल खो जाने को करता है
जो छूट गये हैं
हैं नहीं अब वे
गुजरे दिन बचपन के
फिर से उभरे जाते हैं
संगी-साथी सब
छूट रहे हैं
कब-किसका-दिन आयेगा
मालूम नहीं
जीवन की राहों में
कुछ उलझे
कुछ सुलझे
प्रश्नों का अम्बार लिए
चलते-फिरते रहते हैं
जिस दिन जाऊंगा
सब स्मृतियां
अनुत्तरित प्रश्न रह जायेंगे
कर विलाप
कुछ क्षण
जीवन फिर से सबका
बहता जायेगा-बहता जायेगा।

55. स्वर दे जाओ

जीवन की
अन्तिम बेला में
दिल कहता है
गले लगा लो
तुम मुझको
भर लो अपनी बाहों में
खुले आसमान के नीचे
तारों से छिपकर
सर को गोदी में रखकर
अपने ओठों से
मेरे ओठों को
स्पन्दित कर दो
जाने की इस बेला में
वरना गीत
अधूरा रह जायेगा
संगीत अधूरा रह जायेगा
वीणा के तारों में
स्पन्दन बिन सुर हो जायेगा
बहती जल धारा का
कल-कल स्वर रूक जायेगा
तारों में
चन्द्र-ग्रहण लग जायेगा
क्षण भर को

सब कुछ रूक जायेगा
आओ कर जाओ
लिख जाओ
पूरा कर जाओ
गीतों को
स्वर दे जाओ
वीणा के तारों को
बजता जाये जीवन भर
ऐसा प्रेम समर्पण कर जाओ।

56. सब नंगे हैं

शीश झुका
चरणों मे
वन्दन करता हूँ
नतमस्तक हूँ
मेरी कमियों का
तर्पण कर दो
अवगुण को गुण में
परिवर्तित कर दो
सब नंगे हैं
वेष बदल कर चलते हैं
कहते कुछ हैं
अवगुण का भंडार
लिये फिरते हैं
करते कुछ हैं
विकृत मन
सब कुछ पाने की लालच में
जीवन के सुख से भटक रहे हैं
मरीचिका में
प्रतिबिम्बित हो
खुद का प्रतिबिम्ब देख रहे हैं
पूरे कपड़े में भी
सब नंगे हैं
जो सुख लगता है

वह ही दुख है
उस सुख को पाने के चक्कर मे ही
सब नंगे हैं।

57. फिर से घर आबाद करो

खंडहर बन बैठे हैं
जो घर थे
अब है भूतों का डेरा
सुनो जाकर पुरखों का क्रंदन
तुम भी जिस डेरे में रहते हो
कभी रहा होगा
वह भी घर किसी का
उनके पुरखों का क्रंदन
क्या नहीं सुनाई देता है तुमको?
मन के घर में
अंधियारा पसरा रहता है
अपने-अपने घर में वापस जाओ
सूने घर के गौखों पर
खुशहाली का दीप जलाओ
खेतों की पगडंडी पर घूमों
उजड़े खलिहानों को
आबाद करो
भूली-बिसरी यादों को जीवन दो
बचपन के संगी-साथी
उनसे दो बात करो
फिर से घर आबाद करो।

लेखक के बारे में

डॉ. ओम प्रकाश शुक्ल का जन्म 1963 में अमेठी (उ.प्र.) जिले के गाँव मल्लूपुर में हुआ। लखनऊ विश्वविद्यालय से एम.ए. (समाजशास्त्र) की डिग्री प्राप्त करने के उपरान्त बहुराष्ट्रीय फार्मास्युटिकल कंपनी ल्युपिन लिमिटेड, भोपाल में सेवा आरम्भ की। सेवा के दौरान श्रम कानून और औद्योगिक संबध में पी.जी. डिप्लोमा, एलएल.बी की डिग्री और समाज-विज्ञान में पीएच.डी (मानद) की उपाधि भोपाल विश्वविद्यालय से प्राप्त की। और भारतीय प्रबंधन संस्थान (अहमदाबाद) द्वारा संचालित प्रबंधन विकास के विभिन्न कार्यक्रमों में भाग लिया। जेवियर स्कूल ऑफ मैनेजमेंट (XLRI) के मानव संसाधन सम्मेलन में भी भाग लिया। लगभग 34 वर्ष विभिन्न पदों पर कार्य करते हुए 2022 में सेवानिवृत्त हुए और अब भोपाल में रहते हैं।

उनकी साहित्य एवं लेखन में स्कूली शिक्षा के समय से ही गहरी रुचि है। इनकी कविताएँ एवं लेख विभिन्न समाचार-पत्रों में प्रकाशित हुए हैं।

साहित्य के क्षेत्र में उनकी पहली पुस्तक 'नौ-रस' (कविता संग्रह) जनवरी, 2023 में प्रकाशित हुई और दूसरी पुस्तक 'कहना बाक़ी है' (कविता संग्रह) सितम्बर, 2023 में प्रकाशित हुई है। दोनों ही पुस्तकें ऐमेज़ॉन, फ़्लिपकार्ट एवं अन्य प्लेटफ़ार्म पर उपलब्ध हैं। 'नौ-रस' बेस्टसेलर पुस्तकों की सूची में स्थान दर्ज करा चुकी है और यह भारत के अलावा अन्य देशों में भी बेहतर प्रदर्शन कर रही है। श्री शुक्ल को उत्कृष्ट लेखन के लिए प्रतिष्ठित 'गोल्डन बुक अवॉर्ड' भी प्राप्त हो चुका है।

आप उनसे इंस्ट्राग्राम @om.prakash.shukla1 पर संपर्क कर सकते हैं और उन्हें omshukla43@gmail.com पर ई-मेल भेज सकते हैं।

www.ingramcontent.com/pod-product-compliance
Lightning Source LLC
LaVergne TN
LVHW060414051026
849518LV00007B/2545
* 9 7 8 9 3 5 5 4 3 5 9 4 1 *